LETTRES PORTVGAISES.

Seconde Partie.

A PARIS,
Chez Claude Barbin, au Palais, sur le second Perron de la Sainte Chapelle.

M. DC. LXXIII.
AVEC PRIVILEGE DV ROY.

AV LECTEVR.

LE bruit qu'a fait la Traduction des cinq Lettres Portugaiſes, a donné le deſir à quelque perſonne de qualité d'en traduire quelques Nouvelles qui leur ſont tombées entre les mains. Les premieres ont eu tant de cours dans le monde, que l'on devoit apprehender avec justice, d'exposer celle-cy en Public. Mais comme elles sont d'une Femme du Monde, qui écrit d'un style differend de celuy d'une Religieuse, j'ay crû que cette difference pourroit plaire; & que peut estre l'Ouvrage n'est pas si desagreable, qu'on ne me sçache quelque gré de le donner au Public.

PRE-

PREMIERE LETTRE.

IL eſt donc poſ-ſible que vous ayez eſté un moment en colere cõtre moy, & qu'avec une paſſion la plus tendre, & la plus delicate qui fut jamais, je vous aye donné un inſtant de chagrin. Helas ! de quel remords ne ſerois-je point capable ſi je manquois à la fidelité que je vous dois ; puiſque je ne m'accuſe que d'un excez de delicateſſe, & que je ne puis me pardonner voſtre courroux. Mais pourquoy faut-il qu'il me donne ce remords? n'ay-je pas eu raiſon de me plaindre, & n'offenſerois-je pas vôtre propre paſſion, ſi j'avois pû ſouffrir ſans murmure que vous ayez la force de me laſcher quelque choſe. Hé! bon Dieu, je fais des reproches continuels à mon ame, de ce qu'elle ne vous découvre pas aſſez l'ardeur de ſes mouvements, & vous voulez me cacher tous les ſecrets de la voſtre. Quand mes regards ſont trop languiſſans, il me ſemble qu'ils ne ſervent que ma tendreſſe, & qu'ils volent quelque choſe à mon ardeur ; s'ils ſont trop vifs, ma langueur leur fait le meſme reproche; & avec les actions du monde les plus parlantes, je croy n'en pas aſſez dire, pendant que vous me faites des reſerves d'une bagatelle. Hà! que ce procedé m'a touchée, &

que je vous aurois fait de pitié, ſi vous aviez pû voir tout ce qu'il m'a fait penſer. Mais pourquoy ſuis-je ſi curieuſe, pourquoy veux je lire dans une ame où je ne trouverois que de la tiedeur, & peut-eſtre de l'infidelité; c'eſt voſtre honnêteté propre qui vous rend ſi reſervé, & ie vous ay de l'obligation de voſtre myſtere. Vous voulez m'épargner la douleur de connoiſtre toute voſtre indifference, & vous ne diſſimulez vos ſentiments que par pitié pour ma foibleſſe. Helas ! que ne m'avez-vous parû tel dans les commencemens de nôtre connoiſſance, peut-eſtre que mon cœur ſe fut reglé ſur le voſtre. Mais vous ne vous eſtes reſolu à m'aimer avec peu d'empreſſement, que quand vous avez reconnû que j'en avois juſques à la fureur. Ce n'eſt pourtant pas par temperament, que vous eſtes ſi retenu. Vous eſtes emporté ; je l'éprouvay hyer au ſoir. Mais, helas! vôtre emportemẽt n'eſt pas fait pour le couroux, & vous n'eſtes ſenſible qu'à ce que vous croyez des outrages. Ingrat, que vous a fait l'amour, pour eſtre ſi mal partagé; que n'employez-vous cette impetuoſité pour répondre à la mienne? pourquoy faut-il que ces démarches précipitées ne ſe faſſent pas pour avancer les moments de nôtre felicité: & qui diroit en vous voyant ſi prompt à ſortir de ma chambre, quand le dépit vous en chaſſe, que vous eſtes ſi lent à y venir, quand l'amour vous y appelle. Mais ie merite biẽ ce traittement; i'ay pû vous ordonner quelque choſe. Eſt-ce à un cœur tout à vous à entreprendre de vous donner des loix. Allez, vous avez bien fait de l'en punir, & ie devrois mourir de honte, d'avoir crû estre Maistresse d'aucun de mes mouvemens. Ha! que vous sçavez bien comme il faut chastier cette espece de revolte. Vous souvient-il de la tranquillité apparente, avec laquelle vous m'offrîtes hier au ſoir de m'ayder à ne plus vous voir ; avez-vous bien pû m'offrir ce remede, ou pour mieux dire, m'avez-vous crû capable de l'accepter. Car dans la delicateſſe de mon amour, il me ſeroit bien plus douloureux de me voir ſoupçonnée d'un crime, que de vous en voir commettre un. Ie ſuis plus ialouſe de ma paſſion, que de la voſtre; & ie vous pardonnerois plus aiſément une infidelité, que le ſoupçon de me la voir faire. Ouy, c'eſt de moy-meſme que ie veux eſtre contente pluſtoſt que de vous. Ma tendreſſe m'eſt ſi precieuſe, & l'eſtime que ie fais de vous m'y fait trouver tant de gloire, que ie ne ſçay point de plus grand crime que de vo⁹ en laiſſer douter. Mais comment en douteriez-vous, tout vous le perſuade, & dans voſtre cœur & dans le mien. Vous n'avez pas une negligence qui ne vous apprenne que ie vous aime iuſques à l'adoration ; & l'amour m'a ſi bien appris l'Art de tirer du profit de toutes choſes, qu'il n'y a pas iuſques à la retenuë de mes careſſes qui ne vous convainque de l'excez de ma paſſion:

N'avez-

N'avez-vous iamais remarqué cet effet de ma complaiſance. Combien de fois ay-ie retenu les trâſports de ma ioye à voſtre arrivée, parce qu'il me ſembloit remarquer dans vos yeux que vous me vouliez plus de moderation. Vous m'auriez fait grand tort, ſi vous n'aviez pas obſervé ma contrainte dans ſes occaſions ; Car ces ſortes de ſacrifices ſont les plus penibles pour moy, que ie vous aye iamais fait. Mais ie ne vous les reproche point, que m'importe que ie ſois parfaitement heureuſe, pourveu que ce qui manque à mon bon-heur, augmente le voſtre. Si vous eſtiez plus empreſſé, i'aurois le plaiſir de me croire plus aimée ; mais vous n'auriez pas celuy de l'eſtre tant. Vous croiriez devoir quelque choſe à voſtre Amour, & i'ay la gloire de voir que vous ne devez rien qu'à mon inclination : N'abuſez pourtant pas de cette generoſité amoureuſe , & n'allez pas vous aviſer de la pouſſer iuſques à m'arracher le peu d'empreſſement qui vous reſte : au contraire, ſoyez genereux à voſtre tour, & venez me proteſter que le deſintereſſement de ma tendresse augmente la vostre ; que ie ne hazarde rien, quand ie croy mettre tout au hazard ; & que vous estes aussi tendre, & aussi fidelle, que ie suis tendrement & fidellement à vous.

SECONDE LETTRE.

SAns mentir, cette Dame d'hyer au ſoir eſt bien laide, elle danſe d'un méchant air, & le Comte de Cugne avoit eu grand tort de la dépeindre comme une belle perſonne. Cõment pûtes-vous demeurer ſi longtemps auprés d'elle ; il me ſembloit à l'air de ſon viſage, que ce qu'elle vous diſoit n'eſtoit point ſpirituel. Cependant, vous avez cauſé avec elle une partie du temps que l'aſſemblée a duré, & vous avez eu la dureté de me dire que ſa converſation ne vous avoit pas dépleû. Que vous diſoit-elle donc de ſi charmant ? Vous apprenoit-elle des nouvelles de quelque Dame de France qui vous ſoit chere ; ou ſi elle commençoit à vous le devenir elle-mesſme. Car il n'y a que l'amour qui puiſſe faire ſouſtenir une ſi longue converſation. Ie ne trouvay point vos François nouveaux arrivez ſi agreables, j'en fus obſedée tout le ſoir ; ils me dirent tout ce qu'ils pûrent imaginer de plus joly, & ie voyois bien qu'ils l'affectoient, mais ils ne me divertirent point, & ie croy que ce ſont leurs diſcours qui m'ont cauſé la migraine effroyable que j'ay euë toute la nuit; vous ne le ſçauriez point ſi ie ne vous l'aprenois, vos gens ſont occupez ſans doute à aller ſçavoir comme cette heureuſe Françoiſe ſe trouve de la fatigue d'hyer au ſoir ; Car vous la fiſtes aſſez dancer pour la faire malade. Mais qu'à-t-elle de ſi charmãt, la croyez-vous plus tendre, & plus fidelle qu'une autre, luy avez-vous trouvé une inclination plus prompte à vous vouloir du bien, que celle que je vous ay fait paroître ; Non ſans doute, cela ne ſe peut pas. Vous ſçavez bien que pour vous avoir vû paſſer ſeulement, je perdis tout le repos de ma vie, & que ſans m'arreſter à mon ſexe, & à ma naiſſance, je courus la premiere aux occaſions de vous voir une ſeconde fois. Si elle en a fait davantage, elle eſt à vôtre lever ce matin, & le petit Durino la trouvera ſans doute aſſiſe auprés de voſtre chevet. Ie le ſouhaite pour voſtre felicité ; j'aime ſi fort voſtre joye, que ie conſens à la faire toute ma vie au dépens de la mienne propre ; & ſi vous voulez regaler ce bel objet de la lecture de cette Lettre icy, vous le pouvez faire ſans ſcrupule. Ce que ie vous écris ne ſera pas inutile à l'avancement de vos affaires ; i'ay un nom connû dans ce Royaume, on m'y a tousiours flattée de quelque beauté, & j'avois crû en avoir iusques au moment que vostre mépris m'a desabusée. Proposez-moy donc pour exemple à vôtre nouvelle conqueſte, dites-luy que ie vous ayme iuſques à la folie, ie veux bien en tomber d'accord, & j'aime mieux contribuer à ma perte par un aveu, que de nier une paſſion ſi chere. Ouy, ie vous aime mille fois plus que moy-meſme; au moment que ie vous écris, ie ſuis jalouſe, ie l'avouë, voſtre procedé d'hyer a mis la rage dans mon cœur, & ie vous croy infidelle, puis qu'il faut vous dire tout. Mais malgré tout cela, ie vous aime plus qu'on n'a iamais aimé. Ie hay la Marquiſe de Furtado, de vous avoir donné l'occaſion de voir cette nouvelle venuë ; ie voudrois que la Marquiſe de Caſtro n'euſt jamais eſté, puiſque c'eſtoit à ces nôces que vous deviez me donner la douleur que ie reſſens, ie hay celuy qui a inventé la dance ; ie me hay moy-meſme, & ie hay la Françoiſe mille fois plus que tout le reſte enſemble ; mais de tant de haines differentes, aucune n'a eu l'audace d'aller iuſques à vous, vous me paroiſſez toûjours aimable. Sous quelque forme où ie vous regarde, & iuſques aux pieds de cette cruelle rivale qui vient trou-bler toute ma feli-cité, ie vous trou-vois mille charmes qui n'ont iamais esté qu'en vous. I'é-tois mesme si sotte, que ie ne pouvois m'empescher d'ê-tre ravie qu'on vous les trouvast comme moy ; & bien que ie sois persuadée que c'est à cette opinion que ie devray peut-eſtre la perte de voſtre cœur, j'aime mieux me voir condamnée à cet abyſme de deſeſpoir, que de vous ſouhaitter une loüāge de moins. Mais commēt eſt-ce que l'amour peut faire pour accorder tant de choſes oppoſées: c'eſt à cette opi-

qu'on ne peut pas avoir plus de ialouſie pour tout ce qui vous approche que i'en ay, & cependant j'irois au bout du monde vous chercher de nouveaux admirateurs. Ie hay cette Françoiſe d'une haine ſi acharnée, qu'il n'y a rien de ſi cruel que ie ne me croye capable de faire pour la détruire ; & ie luy ſouhaiterois la felicité d'eſtre aimée de vous, ſi ie penſois que cet amour vous rendit plus heureux que vous ne l'eſtes. Ouy, ie ſens bien que i'aime tant voſtre ioye, ie me trouve ſi heureuſe quand ie vous voy content, que s'il faloit immoler tout le plaiſir de ma vie à un inſtant du vôtre, ie le ferois ſans balancer. Pourquoy n'eſtes-vous pas comme cela pour moy? Hà! que ſi vous m'aimiez autant que ie vous aime, que nous aurions de bon-heur l'un & l'autre, vôtre

tre felicité feroit la mienne, & la vô-tre en feroit bien plus parfaite. Aucune perſonne ſur la terre n'a tant d'amour dans le cœur que j'en ay; nulle ne connoiſt ſi bien ce que vous valez, & vous me ferez mourir de pitié. Si vous eſtes capable de vous attâcher à quelqu'autre, apres avoir esté accoustumé à mes manieres d'aymer croyez-moy, mon cher, vous ne sçauriez estre heureux qu'avec moy. Ie connois les autres femmes par moy-mesme, & ie sens bien que l'amour n'a fait naistre que moy sur la terre pour vous. Dequoy deviendroit toute voſtre delicateſſe, ſi elle ne trouvoit plus mon cœur pour y répondre; ces regards ſi éloquens & ſi bien entendus ; ſeroient-ils ſecondez par d'autres yeux, comme ils le ſont par les miens. Non ! cela n'eſt pas poſſible, ſeuls nous ſçavons bien aimer, & nous mourrions de chagrin l'un & l'autre, ſi nos deux ames avoienttrouvé quelque aſſortiment qui n'euſt pas eſté elles-meſmes.

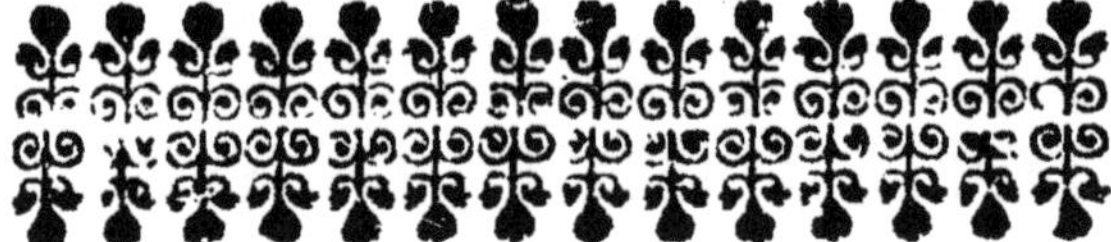

TROISIE'ME LETTRE.

QVand donc finira voſtre abſence: paſſerez-vous encore aujourd'huy ſans revenir à Liſbonne, & ne vous ſouvenez-vous point qu'il y a deſia deux iours que vous étes party. Pour moy, ie penſe que vous avez envie de me trouver morte à vôtre retour, & c'eſt moins pour accompagner le Roy à la viſite des vaiſſeaux, que vous avez quitté la Cour, que pour vous défendre d'une Maîtreſſe incommode. En effet, ie le ſuis au dernier point, il faut en tomber d'accord ; ie ne ſuis iamais contente ny de vous, ny de moy-meſme. Vne abſence de vingt-quatre heures me met à la mort, & ce qui ſeroit un excez de felicité pour une autre, n'en eſt pas tousiours une pour moy ; tantost il me semble que vous n'en avez pas assez , d'autrefois ie vous en trouve tant que ie crains de ne la pas faire toute seule , & il n'y a pas iusques à mes transports qui ne me chagrinent, quant ie croy m'appercevoir que vous

ne

ne les remarquez pas aſſez bien. Vos diſtractiõs me font peur ; je voudrois vous voir tout renfermé dans vous-meſme , lors que j'y fais tout ce qui s'y paſſe ; & quand vous manquez à en ſortir pour examiner mes emportemens , vous me mettez au deſeſpoir. Ie ne ſuis pas ſage, ie l'auouë; mais le moyen de l'eſtre, eſt d'auoir autant d'amour que i'en ay. Ie ſçay bien qu'il ſeroit de la raiſon d'eſtre en repos au moment que i'écris, vous n'eſtes qu'à deux pas de la Ville, vôtre deuoir vous y retient, & la maladie de mon frere m'auroit empeſ-chée de vous voir, depuis que vous eſtes abſent ; de plus, il n'y a point de femmes où vous eſtes, & c'eſt une grande inquietude hors de mon cœur : Mais, helas ! qu'il y en eſt reſté d'autres, & qu'il eſt vray qu'une Amante ſe fait des tourmens de toutes choſes, quand elle aime autant que ie fais; ces armes, ces vaiſſeaux, cet équipage de guerre vont vous deſaccouſtumer des plaiſirs pacifiques de l'amour; peut-eſtre à l'heure qu'il eſt, vous enviſagez le moment de noſtre ſeparatiõ, comme un malheur infaillible, & vous commencez à donner des raisons à vostre cœur pour l'y faire resoudre. Hà ! la veuë des plus grandes beautez de l'Europe, ne seroit pas si funeste pour moy, que celle de nos canons, s'il est vray qu'ils produiſent cét effet ſur voſtre eſprit. Ce n'eſt pas que ie veüille combattre voſtre deuoir, i'aime voſtre gloire, plus que ie ne m'aime moy-meſme, & ie ſçay bien que vous n'eſtes pas né pour paſſer tous vos iours auprés de moy : Mais ie voudrois que cette neceſſité vous donnaſt autant d'horreur qu'elle m'en donne, que vous n'y puſſiez ſonger ſans trembler, & que toute inévitable qu'une ſeparation vous doiue paroiſtre, vous ne puiſſiez croire de la ſupporter ſans mourir. Ne m'accuſez pas toutefois d'aimer à voir vôtre desespoir, vous ne verserez jamais une larme que je ne voulusse essuyer. Ie seray la premiere à vous prier de supporter courageusement, ce qui m'arrachera la vie par un excez de douleur, & ie ne me consolerois pas d'avoir esté au monde, ſi ie croyois que mon abſence vous laiſſaſt ſans conſolation : Que veux-je donc, ie n'en ſçay rien , ie veux vous aimer toute ma vie juſques à l'adoration; je veux, s'il ſe peut, que vous m'aimiez de meſme : Mais on ne peut vouloir tout cela, ſans vouloir en meſme temps eſtre la plus folle de toutes les fẽmes : Que cette folie ne vous dégoûte pas de moy, ie n'en ay iamais eſté capable que pour vous, & ie ne voudrois pas la changer pour la plus ſolide ſageſſe, s'il faloit que pour eſtre ſage, vous aimer un peu moins que ie ne fais. Vôtre eſprit a mille charmes, vous m'auez dit que vous en trouués autant dans le mien. Mais ie renoncerois à nous en voir à tous deux, il s'oppoſoit au progrez de noſtre folie. C'eſt l'amour qui doit regner ſur toutes les fonctions de noſtre ame. Tout ce qui eſt en nous doit eſtre fait pour luy; & pourveu qu'il ſoit ſatisfait, il m'eſt indifferēt que la raiſō ſe plaigne. Avez-vous eſté de ce ſentiment depuis que ie ne vous ay veu, ie trēble de peur que vous n'ayez eu toute la liberté de vôtre eſprit. Mais ſeroit-il poſſible qu'il vous en fust resté en parlant d'une guerre qui doit vous éloigner de moy ? Non , vous n'estes pas capable de cette trahison, vous n'aurez pas veu un Soldat qui ne vous ait arraché un soûpir, & j'auray le plaisir d'entendre dire à vostre retour, que vostre esprit est journalier, & que vous n'ẽ auez point eu pendant voſtre voyage. Pour moy, ie ſuis aſſeurée que perſonne ne vous parlera de moy, qui ne m'accuſe de ce deffaut, ie die des extrauagances qui étonnent tous ceux qui m'entendent; & ſi la maladie de mon frere n'autoriſoit mes égaremens, on croiroit parmy mon domestique, que ie suis deuenuë insẽsée, il ne s'ẽ faut guere que ie ne la sois aussi; vous pouvez juger du déreglement de mon esprit par celuy de cette Lettre; mais voilà comme vous deuez m'en vouloir: Les rauages que vôtre abſence a fait ſur mon viſage, doiuent vous paroiſtre plus agreable que la fraiſcheur du plus beau teint , & ie me trouuerois bien horrible , ſi trois iours de la priuation de voſtre veuë ne m'auoient point enlaidie ? Que deuiendray-je donc , ſi ie la perds pour ſix

ſix mois. Helas! on ne s'appercevra point du changement de ma perſonne, car ie mourray en me ſeparant de vous. Mais il me ſemble entendre quelque bruit dans les ruës, & mon cœur m'annonce que c'eſt le bruit de voſtre retour. Hà! mon

Dieu, ie n'en puis plus, ſi c'eſt vous qui arriuez, & que ie ne puiſſe vous voir en arriuant, ie vais mourir d'inquietude & d'impatience; & ſi vous n'arriuez pas apres l'eſperance que ie viens de conceuoir, le trouble & la reuolution des mouuemens de mon ame, vont m'oſter le ſentiment.

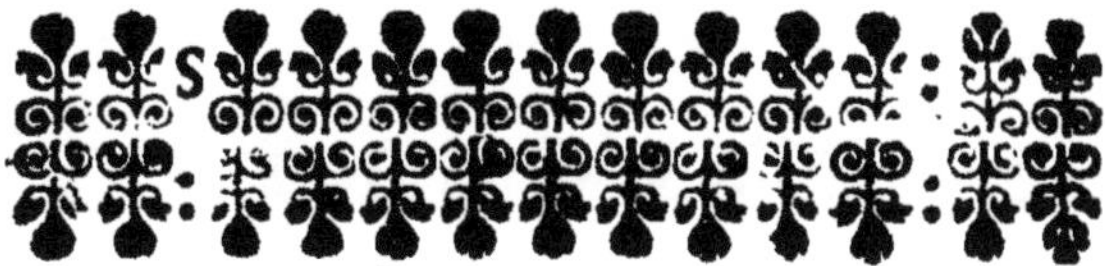

QVATRIESME LETTRE.

QVoy, vous serez tousiours froid & paresseux, & rien ne pourra troubler vôtre tranquillité; que faut-il donc faire pour l'ébranler, faut-il ſe ietter dans les bras d'un Rival à voſtre veuë ; car hors ce dernier effet d'inconſtance que mon amour ne me permettra iamais , ie croyois vous auoir deû faire apprehender tous les autres. I'ay receu la main du Duc d'Almeyda à la promenade ; i'ay affecté d'eſtre auprés de luy pendant le ſouper: Ie l'ay regardé tendrement, toutes les fois que vous auez pû le remarquer, ie luy ay meſme dit des bagatelles à l'oreille, que vous pouuiez prendre pour des choſes d'importance, & ie n'ay pû vous faire changer de viſage. Ingrat, auez-vous bien l'inhumanité d'aimer ſi peu une perſonne qui vous aime tant; mes ſoins, mes faueurs, & ma fidelité, n'ont-ils point merité un momẽt de voſtre jalouſie; ſuis-je ſi peu precieuſe pour celuy qui m'eſt plus precieux que mon repos, & que ma gloire, qu'il puiſſe enuiſager ma perte ſans frayeur. Helas! l'ombre de la voſtre me fait trembler, vous ne iettez pas un regard ſur une autre femme, qui ne me cauſe un friſſon mortel; vous n'accordez pas une action à la civilité la plus indifferente,

qui

qui ne me couſte vingt-quatre heures de deſeſpoir, & vous me voyez parler tout un ſoir à un autre à voſtre veuë, ſans témoigner la moindre inquietude. Hà! vous ne m'auez iamais aimée, & ie ſçay trop bien comme on aime, pour croire que des ſentimens ſi oppoſez aux miens, puiſſent l'appeller de l'amour? Que ne voudrois-je point faire pour vous punir de cette froideur; il y a des momens où ie ſuis ſi tranſportée de dépit, que ie ſouhaiterois d'en aimer un autre. Mais quoy, au milieu de ce dépit, ie ne voy rien au monde d'aimable que vous. Hier mesme que vos tiedeurs vous ostoient mille charmes pour mes yeux, ie ne pouuois m'empescher d'admirer toutes vos actions; vos dédains auoient ie ne sçay quoy de grand, qui exprimoit le caractere de voſtre ame, & c'eſtoit de vous que ie parlois à l'oreille du Duc, tant ie ſuis peu la Maiſtreſſe des occaſions de vous offenſer; ie mourois d'envie de vous voir faire quelque choſe qui me fournit un pretexte de vous faire une bruſquerie publique; mais comment aurois-ie pû vous la faire, ma colere mesme est un excez d'amour; & dans le moment où ie suis outré de rage pour vostre tranquilité, ie sens bien que j'aurois des raisons de la deffendre, si ie ne vous aimois jusqu'au déreglement. En effet, mon frere nous obſeruoit, la moindre affectation que vous euſſiez témoignée de me parler, m'auroit perduë : Mais ne pouuiez-vous auoir de la jalouſie, ſans la faire remarquer, ie me connois au mouuement de vos yeux, & j'aurois bien veu des choſes dans vos regards, que le reste de la Compagnie n'y auroit pas veu comme moy. Helas! ie n'y vis iamais rien de tout ce que j'y cherchois; j'auouë que j'y trouuay de l'amour; mais estoit-ce de l'amour qui deuoit y estre en ce temps-là; il faloit y trouuer du dépit &

de la rage, il faloit me contredire ſur tout ce que ie diſois, me trouuer l'aide, cajoller une autre Dame à ma veuë; enfin il faloit eſtre jaloux, puiſque vous auez des ſujets apparens de l'eſtre. Mais au lieu de ces effets naturels d'un veritable amour, vous me donnaſtes mille loüanges, vous prêtaſtes la meſme main que i'auois donné au Duc, comme ſi elle n'auoit pas dû vous faire horreur ; & ie vis l'heure que vous alliez me feliciter ſur ce que le plus honneſte homme de noſtre Cour s'eſtoit attaché auprés de moy. Inſenſible que vous eſtes, eſt-ce comme cela qu'on aime, & eſtes-vous aimé de moy de cette ſorte. Ah! ſi ie vous auois crû ſi tiede, auant que de vous aimer comme ie fais : mais quoy, quand i'aurois pû voir tout ce que ie voy, & plus encore, s'il ſe peut, ie n'aurois pû resister au penchant de vous aimer, ç'a esté vne violence d'inclination dont ie n'ay pas esté la Maistresse ; & puis quand ie songe aux momens de plaisirs que cette passion m'a causée, ie ne puis me repentir de l'auoir conceuë. Que ne ferois-ie point ſi i'eſtois contente de vous, puiſque ie ſuis ſi tranſportée d'amour, dans les temps où i'ay le plus de ſuiet de m'en plaindre; mais vous en ſçauez les differences, vous m'auez veu ſatisfaite, vous m'auez veu mécontente, ie vous ay rendu des graces, ie vous ay fait des plaintes, & dans la colere comme dans la reconnoiſſance, vous m'auez toûjours veu la plus paſſionnée de toutes les Amantes; un ſi beau caracteré ne vous donnera-t-il point d'émulation? Aimez, mon cher Inſenſible, aimez autant que vous eſtes aimé, il n'y a de plaiſir veritable pour l'ame que dans l'amour, l'excez de la ioye naiſt de l'excez de la paſſion, & la tiedeur fait plus de tort aux gens qui en ſont capables, qu'à ceux contre qui elle agit. Hà ! ſi vous auiez bien éprouué ce que c'eſt qu'un veritable tranſport amoureux ; Combien porteriez-vous d'ẽvie à ceux qui le reſſentent. Ie ne voudrois pas pour vôtre cœur meſme eſtre capable de vôtre tranquillité, ie ſuis ialouſe de mes tranſports, comme du plus grand bien que i'aye iamais poſſedé, & i'aymerois mieux eſtre condamnée à ne vous voir de ma vie, qu'à vous voir ſans emportement.

CIN-

CINQVIESME LETTRE.

EST-ce pour éprouuer ma docilité, que vous m'écrivez comme vous faites, ou s'il eſt poſſible que vous penſiez tout ce que vous me mandez, pour me croire capable d'en aimer un autre: patience, bien que cette opinion blesſiè mortellemẽt ma delicateſſe, ie l'ay ſouuent euë de vous, moy qui vous aime plusqu'on n'a iamais aimé. Mais de croire cette infidelité conſommée, de me dire des injures, & de vouloir me perſuader que ie ne vous verray iamais ; Hà ! c'eſt là ce que ie ne ſçaurois ſupporter. I'ay eſté jalouſe, & quand on aime parfaitement on n'eſt point ſans jalouſie ; mais ie n'ay iamais eſté brutale, ie n'ay iamais perdu voſtre idée de veuë, & dans le plus fort de mon dépit, ie me ſuis touſiours ſouuenuë que vous eſtiez celuy que ie ſoupçonnois. Hà! que ie voy de deffaut dans voſtre paſſion, que vous ſçauez mal aimer, & qu'il eſt aiſé de conceuoir que vous n'auez point d'amour dans le cœur, puiſque tout ce que vous laiſſez é-chaper ſans eſtude, eſt ſi peu digne du nõ d'amour. Quoy? ce cœur que j'ay acheté de tout le mien; ce cœur que tant de tranſports & tant de fidelité m'ont fait meriter, & que vous m'auez aſſuré que ie poſſe-dois, eſt capable de m'offenſer de cette ſorte. Ses premiers mouuemens ſont des injures, & quand vous le laiſſez agir ſur ſa foy, il ne m'exprime que des outrages. Allez, Ingrat que vous eſtes, ie veux vous laiſſer vos ſoupçõs pour vous punir de les auoir conceus; il vous deuoit eſtre aſſez doux de me croire tendre & fidelle, pour faire voſtre tourment d'en douter; il me ſeroit aiſé de vous guerir, & la liberté de vous offenſer ne m'eſt que trop interdite pour mon repos. Mais ie veux vous laiſſer vne erreur qui me vange, & ſi vous en croyez mõ ressentiment, toutes vos conjectures sont justes, & ie suis la plus Infidelle de toutes les femmes. Ie n'ay pourtāt point veu l'homme qui cause vôtre jalousie; la Lettre qu'on pretend estre de moy n'en est pas, & il n'y a point d'épreuue où ie ne pusse me soûmettre

mettre ſans crainte, s'il me plaiſoit de vous donner cette ſatisfaction: Mais pourquoy vous la donnerois-ie, eſt-ce par des inuectiues qu'on l'obtient, & n'auriez-vous pas ſuiet de me croire auſſi laſche que vous me dépeignez, ſi vous deuiez ma iuſtification à vos menaces? Vous ne me verrez plus, dites-vous, vous ſortez de Lisbonne de peur d'être aſſez mal-heureux pour me rencontrer, & vous poignarderiez le meilleur de vos amis, s'il vous faiſoit la trahiſon de vous amener chez moy. Cruel! que vous a donc fait ma veuë, pour vous être si insupportable? Elle ne vous a iamais annoncé que des plaisirs, vous n'auez iamais rencontré dans mes yeux, que de l'amour, & de l'empressement de vous le témoigner; est-ce-là dequoy vous obliger à quitter

Lisbonne pour ne plus me voir ? Ne partez point si vous n'auez que cette raison qui vous y oblige , ie vous épargneray la peine de m'éuiter ? aussi bien c'est à moy à fuïr & non pas à vous. Ma veuë ne vous a cousté que l'indulgence de vous laiſſer aimer, & la voſtre me couſte toute la gloire, & tout le repos de ma vie. I'auouë qu'elle en a ſouuent fait la ioye auſſi. Quand ie me repreſente l'émotion ſecrette que ie reſſentois, lors que ie croyois diſcerner vos pas dans une promenade; la douce langueur qui s'éparoit de tous mes ſens, quand je rencontrois vos regards, & le tranſport inexprimable de mon ame, lors que nous auions la liberté d'un momẽt d'entretien. Ie ne ſçay comme i'ay pû viure auant que de vous voir, & comment ie viuray, quand ie ne vous verray plus. Mais vous auez deû ſentir ce que i'ay ſenty; vous eſtiez aimé, & vous diſiésque vous aimiez, & cependant vous eſtes le premier à me propoſer de ne me voir plus. Ha ! vous ſerez ſatisfait, & ie ne vous verray de ma vie : I'aurois pourtant vn plaiſir extrême à vous reprocher voſtre ingratitude, & il me ſemble que ma vengeance ſeroit plus entiere, ſi mes yeux & toutes mes actions vous confirmoient mon innocence. Elle eſt ſi parfaite, & le menſonge qu'on vous a fait, ſi aiſé à détruire, que vous ne pourriez me parler un quart-d'heure ſans eſtre perſuadé de voſtre injuſtice, & ſans mourir de regret de l'auoir cõmiſe. Cette penſée m'a deſia ſollicitée deux ou trois fois de courir chez vous; ie ne ſçay meſme ſi elle ne m'y cõduira point mal-gré moy, auant la fin de la journée; car mon dépit eſt aſſez violent pour m'oſter la raiſon: Mais ie m'eſtois fait une ſi douce habitude de vous eſtudier, que ie crains de vous déplaire par cét éclat. Ie vous ay touſiours veu pratiquer une diſcretion ſans égale ; vous auez eu plus de ſoin de ma reputation que moy-meſme , & vous auez quelque-fois porté vos precautions iuſques à me forcer de m'en plaindre. Que diriez-vous ſi ie faiſois quelque choſe qui découuriſt nôtre Intrigue, & qui me ſcandaliſaſt parmy les gens d'hon-neur ? Vous auriez du mépris pour moy , & ie mour-rois ſi ie vous en croyois capable : Car quoy qu'il arri-ue , ie veux toû-jours eſtre eſtimée de vous. Plaignez-vous, dites-moy des injures, faites-moy des trahiſons, haïſ-ſez-moy , puiſque vous le pouuez, mais ne me méprisez iamais. Ie puis viure ſans voſtre amour, dés l'inſtant que cét amour ne ſera plus voſtre felicité ; mais ie ne puis viure ſans vôtre eſtime, & ie croy que c'eſt par cette raiſon que i'ay tant d'impatience de vous voir : Car il n'eſt pas poſſible que ce ſoit par un effet de tendreſſe ; ie ſerois bien inſenſée d'aimer un homme qui me traite comme vous me traitez. Cependant, à bien prendre vôtre colere, ce n'eſt qu'un excez de paſſion qui la cauſe, vous ne ſeriez pas ſi tranſporté ſi vous eſtiez moins amoureux. Ha ! que ne puis-je me perſuader cette verité, que les outrages que vous m'auez faits me ſeroient chers. Mais non, ie ne veux point me flatter de cette erreur agreable, vous eſtes coupable ; quand vous ne le ſeriez pas, ie veux le croire, afin de vous punir de me l'auoir laissé penser. Ie n'iray d'aujourd'huy dans aucun lieu où vous puissiez me voir; je passeray l'apres-midy chez la Marquise de Cattro qui est malade, & que vous ne voyez point. Enfin, ie veux estre en colere, & voicy la derniere

niere Lettre que vous verrez iamais de moy.

SIXIESME LETTRE.

EST-ce biẽ moy-mesme qui vo' écris ; estes-vous celuy que vous estiez autrefois ; par quel prodige m'auez-vous marqué de l'amour sans me donner de la joye? Ie vous ay veu de l'empreſſement, & des dépits impatiens : I'ay leû dans vos yeux ces meſmes deſirs, où vous m'auez touſiours trouuée ſi ſenſible. Ils eſtoient auſſi ardens, que quand ils faiſoient toute ma felicité? ie ſuis auſſi tendre & auſſi fidelle que ie la fus iamais, & cependant ie me trouue tiede & nonchalante. Il ſemble que vous n'ayez fait qu'une illuſion à mes ſens, qui n'a pû paſſer iuſqu'à mon cœur. Ha ! que les reproches que vous vous eſtes attiré me coûtent cher, & qu'un iour de voſtre negligence me dérobe de transports. Ie ne sçay quel Demon secret m'inspire sans cesse ; que c'est à ma colere que ie dois vos tendresses , & qu'il y a plus de politique que de sincerité dans les sentimens que vous m'auez fait paroître. Sans mentir, la delicatesse est un don de l'amour, qui n'eſt pas touſiours auſſi precieux qu'on ſe le perſuade. I'a-uouë qu'elle aſſai-ſonne les plaiſirs, mais elle aigrit ter-riblement les dou-leurs. Ie m'imagine touſiours vous voir dans cette diſtra-ction qui m'a cauſé tant de ſoûpirs. Ne vous y trompez pas, mon cher, vos empreſſemens ſont toute ma felicité : mais ils feroient toute ma rage, ſi ie croyois les deuoir à quelqu'autre choſe, qu'au mouuement naturel de voſtre cœur. Ie crains l'étude des actions, beaucoup plus que la froideur du temperament, & l'exterieur eſt pour les ames groſſieres un piege où les ames delicates ne peuvent eſtre ſurpriſes. Vous diray-je toutes mes manies là-deſſus? Ce fut hier l'excez de voſtre emportement, qui fit naiſtre tous mes ſoupçons: vous me ſembliez hors de vous, & ie vous cherchois à trauers de tout ce que vous paroiſſiez. O Dieu ! que ſerois-je deuenuë ſi j'auois pû vous conuaincre de diſſimulation ? ie prefere voſtre paſſion à ma fortune, à ma gloire, & à ma vie ; mais ie ſupporterois plus aiſément les aſſeurances de voſtre haine, que les fauſſes apparences de voſtre amour. Ce n'eſt point au dehors que ie m'arreſte ; c'eſt aux ſentimens de l'ame, ſoyez froid, ſoyez negligent, ſoyez meſme leger ſi vous le pouuez, mais ne ſoyez iamais diſſimulé. La trahiſon eſt le plus grand crime qu'on puiſſe commettre contre l'amour ; & ie vous pardonnerois plus volontiers vne infidelité, que le ſoin que vous prendriez à me la déguiſer. Vous me diſtes hier au ſoir de grandes choſes, & j'aurois ſouhaité que vous euſſiez pû vous voir vous-meſme dans ce moment, comme ie vous voyois. Vous vous ſeriez trouué tout autre qu'à vôtre ordinaire. Vôtre air eſtoit encore plus grand qu'il ne l'eſt naturellement : Voſtre paſſion brilloit dãs vos yeux, & elle les rendoit plus tendres & plus perçans : Ie voyois que voſtre cœur venoit ſur vos lévres. Helas ! que ie ſuis heu-reuſe, il n'y venoit point à faux ; Car enfin ie ne vous sẽs que trop, & il n'eſt guere en mon pou-uoir de vous ſentir moins. Le plaiſir d'aimer de toute mon ame, eſt vn bien que ie tiens de vous ; mais il ne vo⁹ eſt plus poſſible de me le rauir, ie connois bien que ie vo⁹ aymeray touſiours mal-gré moy, & ie ſuis ſeure que ie vous aymeray meſme mal-gré vous. Voila des aſſeurances dangereuſes; mais quoy! vous n'auez pas vn cœur qu'il faille retenir par la crainte, & ie ne croirois voſtre conqueſte guere aſſeurée , ſi ie ne la conſeruois que par là: L'honneſteté & la . reconnoiſſance sõt comptées pour quelque choſe dans l'amitié ; mais elles ne tiennent pas lieu beaucoup dans l'amour. Il faut ſuiure ſon cœur ſans conſulter ſa raiſon. La veuë de ce qu'on ayme enleue l'ame mal-gré qu'on en ait, au moins sçay-je bien que voila comme ie suis pour vous. Ce n'est ny l'habitude de vous voir, ny la crainte de vous fascher en ne vous voyant pas, qui m'oblige à rechercher vostre veuë, c'est une auidité curieuse qui part du cœur sans art & ſans reflectiõ. Ie voꝰ cherche ſouuent en des lieux où ie ſuis aſſurée que ie ne vous trouueray pas. Si vous eſtes comme cela pour moy, ſans doute que l'inſtinct de nos cœurs fera qu'ils ſe rencontreront par tout. Ie ſuis forcée de paſſer la meilleure partie du iour dans vn lieu où vous ne pouuez vous trouuer. Mais abandonnons-nous à noſtre paſſion ; laiſſons-nous guider à nos deſirs, & vous verrez que nous ne laiſſerons pas de paſſer agreablement le temps que nous ne pouuons eſtre enſemble.

SEPTIESME LETTRE.

NE tenons pas nos ſermens, mon cher, ie vous prie, il couſte trop de les obſeruer, voyons-nous, & que ce ſoit, s'il ſe peut, tout à l'heure.

Voûs m'auez ſoup-
çonnée d'infidelité ;
vous m'auez expri-
mé ces ſoupçons
d'une maniere ou-
trageante, mais ie
vous ayme plus que
moy-meſme, & ie
ne puis viure ſans
vous voir. A quoy
bon de nous faire
des abſences volon-
taires, n'en auons-
nous pas aſſez d'iné-

uitables à éprouuer: Venez rendre toute la joye à mon ame par un moment d'entretien en liberté. Vous me mandez que vous ne voulez me voir que pour me demander pardon; Ah! venez, quand ce ſeroit pour me dire des injures; venez, ie vous en conjure, j'ayme mieux voir vos yeux irritez, que de ne les point voir du tout. Mais, helas ! ie ne hazarde guere, quand ie laiſſe ce choix dans vôtre diſpoſition : Ie ſçay que ie les verray tendres & brûlans d'amour, ils m'ont deſia paru tels ce matin à l'Egliſe, j'y ay leu la confuſion de voſtre credulité, & vous auez deû voir dans les miens des aſſeurances de voſtre pardon. Ne parlons plus de cette querelle; ou ſi nous en parlons, que ce ſoit pour en éuiter vne pareille à l'auenir. Comment pourrions-nous douter de noſtre amour, nous ne ſommes au monde que pour luy ? Ie n'aurois ia-mais eu le cœur que j'ay, s'il n'auoit deû eſtre plein de voſtre idée ; vous n'auriez pas l'ame que vous auez, ſi vous n'auiez pas deû m'aymer ; & ce n'eſt que pour vous aymer autant que vous eſtes ay-

mable,

mable, & que pour m'aimer autant que vous eſtes aymé, que le Ciel nous a fait ſi capables d'amour l'un & l'autre. Mais dites-moy, de grace, auez-vous ſenty tout ce que j'ay ſenty, depuis que nous feignons de nous vouloir du mal? Car nous ne nous en ſommes iamais voulu ; nous n'en auons pas la force , & noſtre Eſtoile eſt plus puiſſante que tous les dépits. Grand Dieu ! que j'ay troué cette feinte penible, que mes yeux ſe ſont faits de violence quand ils vous ont déguiſé leurs mouuemens, & qu'il faut eſtre ennemy de ſoy-meſme, pour ſe dérober vn moment de bonne intelligence, quand on s'aime comme nous nous aymons ! Mes pas me portoient malgré moy où ie deuois vous rencontrer ; mon cœur qui s'eſt fait vne habitude ſi douce d'épanchemens à vôtre rencontre, cherchoit mes yeux pour les répandre : & comme ie m'efforçois de les luy refuſer, il me donnoit des élans ſecrets qui ne peuuent eſtre compris que par ceux qui les ont éprouuez. Il me ſemble que vous auez eſté tout de meſme, ie vous ay trouué dans des lieux où le hazard ne pouuoit vous conduire ; & s'il faut vous confier toutes mes vanitez, ie n'ay iamais remarqué tant d'amour dans vos regards , que depuis que vous affectez de n'en plus laisser voir. Qu'on est insensé de se donner toutes ces gênes !

Mais pluſtoſt qu'on fait bien, de ſe montrer ainſi ſon ame toute entiere. Ie connoiſſois toute la tendreſſe de la vôtre, & j'aurois diſtingué ſes mouuemens amoureux entre ceux de toutes les autres ames; mais ie ne connoiſſois ny voſtre colere, ny voſtre fierté.

Ie ſçauois bien que vous eſtiez capable de jalouſie, puiſque vous aymiez ; mais ie ne connoiſſois point le caractere que cette paſſion prenoit dans voſtre cœur. Sçauroit eſté vne trahiſon , que de m'en laiſſer douter plus lõg-temps , & ie ne puis m'empeſcher de vouloir du bien à vostre injustice, puisqu'elle m'a fait faire une découuerte si importante. Ie vous auois voulu jaloux, ie vous l'ay trouué; mais renoncez à vôtre jalousie, comme ie renonce à ma curiosité. Quelque figure que prenne un Amant, il n'y en a point de si auantageuse

geuſe pour luy, que celle d'un Amant heureux. C'eſt une grande erreur que de dire qu'un Amãt eſt ſot quand il eſt content, ceux qui ne ſont pas aymables ſous cette forme, le ſeroient encore moins ſous une autre; & quand on n'a pas aſſez de delicateſſe pour profiter du caracte-re d'un Amant ſa-tisfait, c'eſt la fau-te du cœur, & non pas celle de la feli-cité. Haſtez-vous de venir me confir-mer cette verité, mon cher, ie vous en prie. Ie ne ſerois pas ſi peu delicate que d'en retarder l'inſtant par une ſi longue Lettre, ſi ie ne ſçavois que vous ne pouuez me voir à l'heure que je vous écris. Quelque plaiſir que ie trouve à vous entretenir de cette ſorte, ie ſçay bien luy preferer celuy d'un autre entretien, il n'y a que moy qui gouſte le plaiſir de vous écrire, & vous partagez celuy de me voir. Mais quoy? ie ne puis avoir l'un qu'avec des ménagemens de bienſeance, & i'ay l'autre quand il me plaiſt. Preſentemēt que tous les gens de noſtre maiſon repoſent, & ſe croyent peut-eſtre heureux de bien repoſer; ie joüis d'un bon-heur que le repos le plus profond ne ſçauroit me donner. Ie vous écris, mon cœur vous parle, comme ſi vous deuiez luy répondre, il vous immole ſes veilles auec ſon impatience. Ah! qu'on eſt heureux quand on aime parfaitement, & que ie plains ceux qui languiſſent dans l'oiſiueté, qui naiſt de la liberté. Bon iour, mon cher, le iour commence à paroiſtre, il auroit paru bien plûtoſt qu'à l'ordinaire, s'il avoit conſulté mon impatience: mais il n'eſt pas amoureux comme nous, il faut luy pardonner ſa lenteur, & tâcher à la tromper par quelques heures de ſommeil, afin de la trouver moins inſupportable.

FIN.

Extrait du Privilege du Roy.

PAr Grace & Privilege du Roy, donné à Paris le 28. jour d'Octobre 1668. Signé, Par le Roy en son Conseil, MARGERET. Il est permis à CLAUDE BARBIN, Marchand Libraire, de faire imprimer un Livre intitulé, *Lettres Portugaises*, pendant le temps & espace de cinq années; Et deffenses sont faites à tous autres de l'imprimer, sur peine de quinze cens livres d'amende, & de tous dépens, dommages & interests, comme il est plusamplement porté par lesdites Lettres de Privilege.

Registré sur le Livre de la Communauté des Imprimeurs & Marchands Libraires de cette Ville, suivant & conformément à l'Arrest de la Cour de Parlement du 8. Avril 1663. & aux charges portées par le present Privilege.

Signé, A. So[illegible] Syndic.

www.ingramcontent.com/pod-product-compliance
Ingram Content Group UK Ltd.
Pitfield, Milton Keynes, MK11 3LW, UK
UKHW020254250726
13967UKWH00004B/1682

9 782011 947215